Invasão Z:

A Batalha Final pela Sobrevivência do Planeta

Aiden ziff

"O único dia fácil foi ontem. SELO DE NAVY

Prefácio

Eles tomaram seis continentes e aniquilaram as duas superpotências do mundo, Rússia e China, em questão de semanas. O único continente a salvo por enquanto foi o continente americano, que por alguma razão desconhecida ainda não foi atacado. Os Estados Unidos são quem vão liderar a luta pela humanidade, por isso fazem uma aliança com a América Latina para dar a última batalha contra essa ameaça desconhecida.

O Time 6 dos SEALS (as melhores forças especiais do planeta) entrarão em ação...

Índice

1

Ano 2030 - **população mundial**: 10 bilhões

O terror chegou ao nosso mundo. Metade do planeta foi invadido por uma raça vinda das lgunael. Muitos os chamam de extraterrestres, lgun os chamam de extraterrestres. O governo simplesmente os chama de invasores. O planeta entrou em lguna, despreparado para tal coisa... muitos temem o fim.

Uma lguna nave-mãe estabeleceu uma base no continente africano. O planeta inteiro foi assumido. As únicas potências mundiais restantes não puderam enfrentá-lo, apenas o continente americano permanece lgun da opressão desses seres morfológicos escuros, com uma aparência lgunaelt. Eles têm 1,80 m de altura e estranhas garras alongadas com cabeças e olhos ovais tão diabólicos como o carvão, semeando o terror... sua lgunaelt, segundo os especialistas, é possivelmente cerca de 200 anos mais avançada do que a dos humanos. Temos sorte em lguna de não termos sido invadidos por uma raça milhões de anos mais lgu.

Os Estados Unidos perderam um milhão de tropas nos combates há lguna lgu. Eles têm a lgunaelt para desarmar as bombas nucleares, portanto não há escolha. A única maneira de lidar lgunae é a guerra convencional com armas de fogo.

Após o lgunael, os alienígenas permaneceram lguna por lguna lgu fora do continente americano. Não se sabe o que eles estão fazendo... mas também não é o único poder existente que desperdiça tempo. Os Estados Unidos têm reunido freneticamente mais lgunaelto para ir lgunaelt. Apesar dos conflitos entre eles que ocorreram antes disso, os governos do continente vêm formando secretamente uma aliança para fazer a penúltima defesa da humanidade. Os americanos se reuniram em um lguna de sete lgu; mais de um milhão de tropas, e estão indo para o continente africano, onde as dezenas de naves alienígenas que atacaram o planeta há lguna semanas foram aparentemente detidas. A Rússia foi derrotada e 99% de sua população morreu, eles não conseguiram conter a invasão. O governo chinês foi dizimado em quatro lgu e 99% de sua população, e da mesma forma metódica os lgun países foram dizimados por estas criaturas com lgunaelt um pouco mais avançada.

Há lguna semanas, as forças americanas entraram em guerra no Golfo Pérsico, mas não prevaleceram, e cerca de um milhão de seus soldados foram dizimados. Agora, o último milhão de lgunae remanescentes vai entrar para enfrentar esta ameaça. É a única esperança da humanidade. O México e todos os países latino-americanos, assim como o Brasil, estão reunindo uma força lguna conhecida como a aliança americana com mais de quatro milhões de soldados, e lgunaelt lado das forças norte-americanas em seus lguna de guerra e porta-aviões. O mundo sabe que se este último bastião não conseguir combater com eles, não haverá nada que os detenha.

Pela manhã, o Presidente dos EUA, Samuel Blade, faz um discurso continental para dar apoio moral às suas forças armadas e à nação. A razão desta invasão não é conhecida, exceto que deixam apenas 0,1% da população de cada continente. Eles lgun muito bem que, se não forem lgunae, o continente americano e o último bastião serão tomados. Os únicos que restam nos Estados Unidos pelo Secretário de Defesa são os SEALS grupo 6 – os melhores do planeta para os cuidados do Presidente e sua família, no México a F.E.R. e assim por diante - as forças especiais de cada país.

30 de fevereiro. A força continental americana a lguna da África é atacada por forças alienígenas no bar Báltico, a maioria dos 5 milhões são dizimados, assim como todos os submarinos e lguna. Apenas 50 helicópteros e aviões de combate conseguem alcançar a lgunae estonio-russa e aterrissar lguna centenas de tanques e infantaria. Nessa batalha, as forças norte-americanas e um baluarte de 5.000 soldados cubanos e venezuelanos enfrentaram as criaturas das lgunael nas montanhas da Estônia... mas não resistiram por muito tempo, e foram derrotados em cerca de quatro horas quando o sinal para os Estados Unidos cessou. Poucos do inimigo caíram em comparação com os humanos, neste momento não há mais esperanças...

O presidente dos EUA dá uma mensagem final à humanidade: "Nós caímos, não há nada a fazer a não ser obedecer ao nosso instinto; fugir ou lutar. Nossas forças foram derrotadas, o inimigo é desconhecido e mais forte do que nós. Não há como escapar, temos que lutar". Neste país há 300 milhões de almas, pelo menos cada lguna lguna fuzil, lutem por seus lgun, lutem por seus entes queridos... Repito, nossas forças armadas caíram no Mar Báltico e lguna nas montanhas da Estônia, o sinal foi cortado, não sabemos quando as forças hostis virão até nós, mas sabemos que é iminente. A América sempre lutará até o fim... irmãos da terra, meus irmãos, lutem".

A maior parte da Terra está sendo consumida, naves rápidas destes seres já controlam quase todo o planeta. Os seres de aspecto lgunael e musculoso descem de suas naves para caçar os poucos sobreviventes e levá-los para suas naves... o mistério de por que eles deixam 0,1% das crianças de cada continente ainda é desconhecido.

SEALS Grupo 6, a melhor força de forças especiais do planeta, leva o presidente e sua lguna, e alguns membros da elite a uma base secreta em Yellowstone. Alguns milionários viajam para seus próprios bunkers de lgunaelt.

Neste momento, o dinheiro deixou de valer..., as lojas estão sendo saqueadas, há um caos total e anarquia nas ruas. A lei deixa de existir, as pessoas estão histéricas por medo de morrer, a lguna se desintegrou.

A EQUIPE SEALS 6 é composta por 50 dos melhores do planeta. Eles têm menos de 31 anos e são especialistas em todos os tipos de combate, manuseio de armas e até mesmo na ativação e desativação de armas nucleares. O comandante deles é o militar **Will Michael,** o maior soldado de combate da história dos SEALS. Ele participou de inúmeras missões secretas no Afeganistão, Iraque, Ísis e lgun, com uma alta taxa de sucesso. Sua missão agora é chegar à Antártica o mais rápido possível e ativar a bomba neutrino-nuclear de lguna negativa que os EUA tinham lgunaelto secretamente anos antes. E então, eles devem pegar um submarino e chegar à África para o lgun-mãe alienígena que está em algum lugar em lguna selva nigeriana.

2

Bunker de Yellowstone

Presidente Samuel Blade: Rapazes, em seus ombros vocês têm o futuro da humanidade... a missão é clara, se vocês não tiverem sucesso, não haverá outra escolha senão ir ao plano B. Vocês são nossa última esperança. Conheço sua capacidade e a trajetória deste grupo; eles nunca falharam, por isso temos confiança em vocês.

Comandante Will Michael: Sr. Presidente, para nós é uma honra ter servido nosso país, nossa vida à nossa frente, pois a nação é nosso lema, portanto, não hesite; lutaremos até o fim.

O grupo de segurança americano liderado por Mike Gigald ordenou que apenas vinte e cinco SEALS e Will Michael partissem para a Antártica imediatamente. A outra metade deste grupo ficaria para trás e seria comandada pelo condecorado Major Arthur Glos e partiria imediatamente de Yellowstone. Lá eles se reuniriam com todas as forças especiais de alguns países latino-americanos que haviam enviado sua última força para apoiá-los naquela época, no total de 1000, e simbolicamente lutariam na cidade do Pentágono em Washington como um símbolo do poder humano.

Horas mais tarde - Washington D.C.

Arthur Glos: Senhores, nossos colegas acabam de partir para a missão mais importante na Terra; chegar à Antártica e ir para a África. Nós, juntamente com a coalizão de forças especiais de todas as Américas, faremos a batalha aqui em Washington. Vocês têm apenas alguns minutos para se despedirem de suas famílias pelo telefone, e depois temos que nos dispersar... os invasores provavelmente estarão aqui em algumas horas, sabemos que não venceremos, mas queremos levar o maior número possível desses filhos da puta conosco.

Milhares de pessoas estão fugindo para as montanhas, lagos e mares. O pânico começa a roer as almas da maioria, muitos se matando em histeria por causa de sua iminente destruição.

SEALS TEAM 6 marchas a toda velocidade em cinco unidades militares para um complexo de duas horas de Yellowstone escondido nas montanhas, com o objetivo de pegar um avião e voar imediatamente em velocidade para a base subterrânea localizada na Antártica, onde está a mais recente arma dos EUA, que em teoria não pôde ser detectada por essas criaturas por ter tecnologia inovadora, mas esse foi o primeiro passo .... O ponto fraco foi que naquela época a maioria dos satélites seria destruída e não funcionaria, então o TEAM 6 levaria um pequeno satélite no submarino para a selva da Nigéria onde estava o colossal navio-mãe e tentaria chegar o mais perto possível e colocar o satélite em operação para teleguiar a bomba de neutrino de energia negativa que está na Antártica, e assim eliminar o padrão destas criaturas que é seu navio de origem.

3

**A poucos quilômetros de chegar ao bunker, a primeira equipe. 14:00 h da tarde
Tempo nublado.**

Neste momento, a escolta militar está acelerando ao longo de uma estrada de terra, imersa em terreno acidentado. Todos eles estão vestidos de preto com seus rifles e coletes táticos. Alguns estão conversando na unidade militar onde o Major Will está no comando.

Soldado Ben Aston: é uma missão suicida meus amigos, do tipo que amamos..., pelo menos eu fiz amor com minha garota ontem, espero que você tenha feito o mesmo com sua namorada Jorge, porque você não vai mais sentir o calor dela...

Soldado Jorge Martínez: Aha. Não diga coisas malucas irmão, você sabe que temos nervos de aço, por isso fomos criados, mas sabe de uma coisa? Eu nem tive chance, isso é o que me irrita, mas....

Agora, rapazes, não discutam besteiras", disse um de seus colegas co-pilotos. O cabo Anderson L.

-Queria ter uma garota como você", disse o soldado Rayan Black, que estava sentado no banco de trás e mastigando sua chiclete de forma soberba, "Queria ter uma garota como você".

Cabo Anderson: Não sejas magricela Rayan, rebento-te os miolos se não te calas, não sou uma puta como aquela que te aborreceu....

Ryan Black: Isso é o que todos dizem, mas eles o comem.

-Sua mãe Rayan", brincou Jorge Martínez.

Cabo Anderson: obrigado Jorge por ter calado a galinha Rayan, ultimamente Rayan você se tornou um idiota.

Rayan Black: Você deve ter gostado de mim.

Cabo Anderson: Eu gosto de você, ha! não me faça rir.

Rayan Black: Bem, desde que eu faço parte da EQUIPE 6 você tem tido um temperamento terrível. Sinto que agito seus hormônios, nós sempre provocamos isso...

-End of discussion guys", **ordenou** Will, que estava ao volante e acelerando o jipe off-road a 180 km por hora através da floresta solitária, esperando que aqueles navios não saíssem das árvores, senão seria terrível.

Soldado Jack; Major Will, chegamos à caverna, tudo claro, mas temos algumas más notícias. - Um subordinado disse pelo rádio.

Will: O que é soldado? Fale mais alto...

Soldado Jack: Essas coisas acabam de chegar ao Brasil e parte da América do Sul já está sob ataque... A comunicação se perdeu há alguns minutos com nosso informante, mas temo que estejam em movimento.

Will: Obrigado, estaremos lá em cinco minutos, preparem tudo.

Rayan Black: puta, vamos pegar a merda..., essas coisas estão chegando.

Jorge Martínez: você pode parar de foder com Rayan, não vê que...

Rayan Black: O que quer que o maricas diga, você se tornou exatamente como aquela puta....

Will: Finalmente chegamos, pessoal, estão ouvindo? Sargento Mark, Sanders, Peter, rápido, estamos aqui.

A equipe SEALS chegou ao bunker escondido nas montanhas do Wyoming. A pequena aeronave militar era um dos poucos sobreviventes do colossal armamento que os Estados Unidos tinham antes da invasão. Nesta embarcação, levaria pelo menos algumas horas para chegar à ponta sul da Antártica, onde se encontrava o bunker, chamado de caverna de açúcar.

Soldado Jack: Comandante, estamos reabastecendo, problemas logísticos, você sabe....

Vontade: Esqueça o soldado, vamos com os outros que nos esperam. Agora quero sua atenção. -Disse ele enquanto saía do veículo para o bunker, puxou um documento de uma pasta e procedeu à sua leitura.

Relatório da caverna de açúcar do bunker antártico

30 de fevereiro de 2030, 15h.

Projeto X

Localização sudeste entre as montanhas Ribeo e Montain crânio. Dimensões: 1000 M2.

Sala de testes neutra nuclear para armas avançadas.

A missão é clara, todos os membros da equipe SEALS 6 são instruídos a usar equipamento de segurança até onde a bomba está localizada. Ela não emite radiação, mas emite ondas escuras que desintegram as células.

A arma de neutrino de energia escura está no primeiro andar da sala de testes de neutrino nuclear. O código de acesso é ***123benjamintrimp.***

O poder destrutivo desta arma nuclear neutra já foi testado em uma missão secreta levada em 2023 ao planeta Marte, especificamente a uma de suas luas, e causou uma explosão que destruiu um décimo oitavo de sua massa. A bomba à sua frente é muito menos poderosa, mas capaz de eliminar um alcance de

50 km ao seu redor. Esteja avisado de que esta missão tem 99% de certeza de matá-lo quando o dispositivo chegar à Nigéria. A bomba de lápis viajará a uma velocidade de tirar o fôlego pelo mar até chegar à selva nigeriana, onde você a redirecionará com o pequeno satélite, e depois explodirá com o elemento ativo do neutrino escuro. Não haverá tempo para escapar. Para ativá-lo, será necessário apenas inserir o código **AWSFJUE867usa** e o tempo desde seu início de ativação até sua localização na Nigéria será de 80 horas.

Seu presidente e amigo Samuel Blade, e o conselho de segurança para salvaguardar a vida humana.

Ouviram o principal, pessoal, o resto é protocolo. Parece muito triste, mas é o nosso trabalho. Muito provavelmente nenhum de nós conseguirá voltar, mas lembrem-se, nós o faremos por nossas famílias ou por qualquer outra pessoa que sobreviva deste mundo uma vez que explodiremos o principal reduto dessas bestas em pedaços. Lembre-se, nossas famílias estão no bunker, por isso lutamos ferozmente", disse o Comandante Will, que mal se desdobra em um sorriso de orgulho e bravura.

4

-Nós estamos com você, comandante", todos gritaram.

Soldado Jack: Comandante, a aeronave está pronta.

-Vamos então", ordenou Will.

Os navios alienígenas cor de chumbo e em forma de tartaruga estão devastando com voracidade a Colômbia, Venezuela e algumas ilhas caribenhas. Milhares estão sendo levados em outros navios com tubos alongados sugando-os do solo, especificamente espécimes jovens. Saiba com que propósito. O fato é que, até agora, ninguém tem uma teoria na comunidade científica.

15h: a aeronave T45IH voa a toda velocidade em direção à região sudeste da Antártica, como marcado pelo GPS de um satélite que ainda está funcionando. Todos estão em silêncio, exceto Rayan e 3 ou 4 outros, argumentando como de costume.

Soldado Ben: Comandante, você tem alguma idéia do que essas coisas estão procurando lá fora?

O comandante estava olhando para o futuro, mas respondeu com - não sei, mas não é bom o que está por vir, não gosto que eles deixem apenas 0,1% de sobreviventes.

-Pode ser uma fazenda humana... Já ouvi isso nos canais misteriosos como; Vmgramisterio espanhol ou bobagens como essa", disse Rayan zombando de Jorge por ser de ascendência espanhola.

-Isso pode ser", argumentou o Private Ben.

Private Mark: Eu não sei, mas essas coisas não são bonitas, você as viu, chefe?

Acenará sem olhar para o rosto de Mark.

Um dos soldados mais ferozes em combate e um veterano da EQUIPE 6 que raramente dizia nada, falou.

Feder Raser: a idéia não é rebuscada, muito provavelmente vamos servir como alimento para estas raças, mas no futuro.

- Do que você está falando sobre o Raser? - disse Ben.

-Se você já notou, nenhum dos poucos vídeos que foram capturados os mostra devorando humanos. E o lógico para uma raça alienígena fazer é nos estudar, você sabe, a questão dos patógenos, vírus, pode ser contraproducente até mesmo para aqueles que não são tão avançados tecnologicamente para nós. Digo isto por causa de suas naves que ainda usam algum tipo de combustível para o feixe que deixam para trás, mesmo que não sejam sônicos..., e sabem o que significa usar combustível... que provavelmente são de um sistema solar próximo, não muito distante.

-Aplauso para o cérebro", disse Ryan em voz alta.

Vontade: É lógico..." disse o comandante pensativamente.

Cabo Anderson: Boa teoria Felder. Vírus! Na verdade, tenho certeza de que é algo que eles temem. Deve ser uma espécie que vagueia pelas estrelas consumindo raças, e quando chegam a este mundo cheio de vida querem nos deixar como uma fazenda, muita carne. Mas o previsível é que se sua teoria for verdadeira; eles nos estudarão primeiro, devem ter experimentado epidemias de antemão, por isso não querem arriscar.

- Desde quando vocês se tornaram cientistas aqui? -Rayan murmurou, sentado no final de onde todos estavam sentados.

Alguns fizeram caretas, outros ignoraram-na.

Arthur Glos: A equipe SEALS me copia.

Será que: nós o copiamos alto e claro, meu amigo, alguma notícia?

Arthur Glos: Eles ainda não chegaram aqui, mas a maioria das antenas de rádio foram destruídas, restam apenas algumas, e como você sabe, eles estão no México..., e eles estão aniquilando tudo.

-Muito bem, comandante, esperemos que em breve consigamos pôr nossos traseiros no gelo e que isto seja feito....

Arthur Glos: Espero que não haja novos desenvolvimentos, e que tudo corra conforme o planejado.

Será que: esperamos que sim, quanto tempo você espera que estas coisas cheguem?

Arthur Glos; não sei, mas um grupo de navios negros anteriormente desconhecidos já entrou acompanhando os metálicos, e eles estão matando tudo no sudoeste do México, talvez amanhã de manhã eles estarão chegando aqui, não estão usando bombas, estão usando algo pior comandante.

Will: O que você está usando?

Arthur Glos: Não tenho certeza, mas eles são como ALIENS, não foi isso que nosso contato disse.

Will: Alienígenas? Do que você está falando, eles são os ALIENS.

Arthur Glos: Eu sei chefe, mas estas coisas são horríveis. De acordo com as fotos e vídeos que eles enviaram há algumas horas, você pode ver como eles são rápidos, mais sua morfologia diabólica com dentes pontiagudos e carne negra, eles se movem como pequenos dinossauros vorazes, com a diferença de que estes estão enxameando, e eles os estão usando às dezenas de milhares; destruindo tudo no seu caminho.

Will: obrigado pela dica, estaremos em contato se essas coisas permitirem, Comandante Arthur.

-Copiado.

5

A maior parte do continente americano foi dizimada, centenas de milhões morreram em apenas cerca de 8 horas, não há mais defesas, apenas a baixa Califórnia e parte de Chihuahua está intacta, mas é apenas uma questão de tempo até que o enxame de navios chegue, e liberte os enxames de bestas do universo e devore toda a população desses lugares, talvez durante a noite.

A equipe SEAL já chegou à Antártida e caiu de pára-quedas em terreno inacessível, deixando a velha aeronave no ar sem piloto, apenas para cair em um lago e mergulhar nas profundezas minutos depois. Eles estão indo em direção à caverna de açúcar, algumas horas de paisagem perigosa e repleta de desfiladeiros, onde um passo em falso poderia ser uma queda mortal.

O Comandante Arthur e a coalizão das forças especiais latino-americanas como um todo, 1000 soldados já estão destacados em vários locais estratégicos em Washington. Esta será a última batalha.

Soldado Steve: Major Arthur, você acha que eles vão conseguir?

- Quais são essas perguntas, soldado? Quantas vezes a equipe SEAL 6 falhou? Nunca. É imperdoável falhar, e mesmo que essas coisas estejam fora deste mundo, elas não ficarão limpas. - respondeu o comandante.

Soldado Kelsy: mais fé, rapaz... você está nos Selos por nada, você esqueceu quando fomos enviados para resgatar o Senador A.D. na prisão russa cheia de Spetsnaz que se dizia ser o melhor... bem, apenas 15 de nós entramos lá e os apagamos todos, e saímos limpos... isso prova que o TEAM 6 é um nível totalmente diferente.

-Eu entendo. -disse o jovem soldado, Steve.

Arthur Glos: Soldados aguardando, as comunicações já foram cortadas no lado mexicano, San Diego Califórnia será muito provavelmente atacada esta noite. Infelizmente milhões vão morrer, não há nada que possamos fazer a não ser esperar que esses filhos da puta apareçam e descarreguem nossos calibres .50.

Com um longo "sim", eles gritaram em júbilo TEAM 6 número 2 enquanto se dispersavam para seus postos e o soldado Kelsy e o comandante ficaram conversando. Enquanto algumas das forças especiais latino-americanas à distância podiam ser ouvidas aplaudindo umas às outras, falando em suas próprias línguas.

Soldado Kelsy: Comande Arthur, pelo menos você tem uma esposa e dois filhos para sair se não....

Arthur Glos: Kelsy..., você...

-Comandante, não é todos os dias que você encontra o amor e você diz sim, vamos ter filhos. Eu sempre adorei esta coisa da guerra, mas isto é diferente... Eu vou embora sem filhos, algo que eu estava ansioso para ter em torno de 10 quando eu tinha 35 anos, você sabe, já tendo uma herança e tendo feito parte desta equipe.

-Menina, tenho 35 anos e a vejo como minha filha, venha me dar um abraço! Você vai sair desta e eu irei ao seu casamento.

-Sabemos, comandante, que não haverá volta a dar.

-Venha, deixe-me abraçá-la", disse ele enquanto a segurava com força e a acalmava. -Prometo-lhe que eles não vão sair intactos, acredite-me, eles nunca enfrentaram a força de elite mais eficiente do planeta.

Na Antártica, a equipe 6 chegou um pouco tarde, mas com segurança às portas do bunker que está camuflado como parte natural da neve na montanha. A paisagem é inóspita, está um frio congelante, mas pelo menos por enquanto eles têm sorte de que essas coisas ainda não levam aos céus.

Cabo Anderson: Você sabe se ainda há cientistas trabalhando lá, senhor?

Will: estão vazias há algumas semanas...

Jorge Martínez: Vamos abrir este portão, eu desespero ao ver esta paisagem sem árvores. É deprimente, sinto que estamos sendo espiados de longe. Apresse-se Rayan! Vejo que você já perdeu algum talento em invadir esse acesso.

Rayan: espere, não seja idiota, não pode ver que está criptografado..., está abrindo. Espero que um pouco de ALIENS não apareça como boas-vindas, porque eu vou estourar os miolos dele.

Will: Você pode calar a boca, Rayan", comandou o comandante, o que o soldado respeitosamente cumpriu.

-Ouvir, sem jogos dentro, entendido?

-Entendido, senhor. -Responderam todos.

Will: vamos nos separar, Anderson e companhia venham comigo, Rayan, Jorge John e mais 5, vão e procurem o pequeno submarino onde iremos para a Nigéria, apressem-se, vamos! -Rayan: não se esqueça de fechar a entrada.

Levaram cerca de vinte e cinco minutos para chegar ao primeiro andar do bunker. No fundo de algumas escadas metálicas estava a seção onde estava localizada a bomba neutri-nuclear escura. Do outro lado, o segundo grupo encontrou um pequeno submarino pronto para ir, um novo protótipo, mas mais rápido que a maioria e teoricamente indetectável.

Cabo Anderson; que diabos! comandante O que é esta coisa?

Vontade: não parece uma bomba, parece algo fora deste mundo, até o seu desenho.

Felder: Tanto quanto sabemos, nunca houve nenhum contato extraterrestre, caso contrário eles não o teriam dito. A maior parte da especulação então era sobre a tecnologia dos poderes daquela época, mas esta coisa é estranha, uma forma de... lápis em forma de lápis com luzes pulsantes ao seu redor.

Will: o relatório não disse nada sobre sua fabricação e não mencionou imagens. O que ele diz é que é muito raro.

Weterson: Você parece algo saído de um filme, Comandante.

Will: OK equipe, não temos tempo para suposições, eu acredito que esta coisa foi construída pelos Estados Unidos. Parece-me uma tecnologia estranha, mas estamos aqui para ativá-la, não para criar teorias. Ainda não sei como esta coisa vai voar, não faz sentido, uma bomba em forma de lápis com uma estrela na ponta não faz sentido, mas, novamente, nós não somos engenheiros.

Felder: Eu concordo...

Will: Você me copia Rayan, me diz a chave de ativação.

Rayan: copiado. **AWSFJUE867usa.**

Will: Obrigado. Jorge, você me copia, você já localizou o submarino?

Jorge Martínez: afirmativo senhor, estamos apenas esperando por você...

Will: copie isso, agora vamos....

Anderson: Vocês ouviram, mexam seus rabos, 500 metros acima é o submarino, mexam-no.

A cidade de Washington parece vazia e sem caos nas ruas, ao contrário de algumas cidades da costa oeste. Onde 50% de sua população fugiu para as florestas ou outros condados. Apenas 50% permaneceram em suas casas. Há homens armados que permanecem por toda a cidade, eles farão a guerra de acordo com suas ações. As forças especiais dos SEALS e da empresa estão no centro da capital, eles têm todos os tipos de armas anti-armamento, morteiros e lança-foguetes, eles darão tudo de si quando virem essas coisas chegando.

Em algum lugar em Washington

Sargento Angela: Senhor, o que você está pensando, por que está sozinho aqui?

Arthur Glos: Nada, apenas esperando por um sinal de rádio, mas nada. Muito provavelmente estão atacando San Diego ou Los Angeles agora. Eles avisaram via rádio que os navios estavam se aproximando, mas algo destruiu as antenas de rádio e eu não ouvi mais nada.

Sargento Angela: Eu nunca vejo medo em seus olhos comandante, eu gostaria de poder ser como você.

Arthur Glos: lembre-se, todos nós sentimos medo, mas todos o mostram de uma maneira diferente. O medo é necessário, não se esqueça disso. Você parece cansado, continue, durma um pouco, é um pouco tarde.

Sargento Angela: Vou acreditar em sua palavra senhor, vou precisar de energia, você também descanse um pouco.

Arthur Glos: Então vá.

6

Bunker Antártico 10 p.m. Mar do Atlântico com destino à costa da Nigéria

Rayan Black: Droga, estou tão fodido e pensar que neste verão eu ia visitar alguns prostíbulos no Japão...

Soldado Mike Brown: Você nunca muda de mano, e você gosta de garotas japonesas ou por que você vai para lá? Não há bons rabos aqui na América ou é um fetiche mórbido?

Rayan Black: Eu tenho uma fixação na cor da pele e suas coisas privadas, elas me deixam louco. Além disso, ouvi dizer que há menos gonorréia por lá", disse ele, olhando para o Cabo Anderson, que estava sentado em frente a ele, e ela parecia irritada e respondeu furiosamente.

Cabo Anderson: tire a porra dos olhos dos meus doentes..., chefe eu vou quebrar sua....

Will: Pare com isso, você parece uma criança. Você não vê que estamos indo na missão mais importante da história e você é como cães e gatos brigando. Se você tem algo, vamos lá, lute agora e acabe com suas constantes brigas...

Cabo Anderson: Não há problema para mim, vamos fazê-lo", disse ela, tirando seu colete tático e deixando seu rifle de carabina M4 em seu assento.

Rayan ficou em silêncio, mas Will lhe deu a ordem de aceitar.

Will: Vamos Rayan, da maneira como você fala, mostre a ele do que você é feito. Dê-me dois minutos de combate total, baixe suas armas e mostre do que você é capaz, e pare com todas essas besteiras que vocês estão puxando um contra o outro.

Dois minutos depois, Rayan, um dos melhores franco-atiradores do mundo e um militar muito capaz, estava deitado no chão humilhado por uma bela mulher de 24 anos, uma das melhores da equipe SEAL 6. De ambos os lados do submarino sentou-se o resto da equipe observando maravilhados.

Jorge Martínez: Vamos, aperte a mão dele Rayan, espero que você se comporte depois que uma senhora jogou seu traseiro.

Vai se foder, Jorge, vou enfiar minha arma no seu cu. - disse ele, e foi para outro comportamento furioso com algumas contusões nas bochechas, mas nada sério para um cara tão duro.

- Comandante, estamos nos aproximando da costa nigeriana", advertiu o soldado Peter, que estava dirigindo o submarino em plena potência, a partir do cockpit.

Washington D.C., 13h. As cerca de 1.000 forças especiais que acompanham os SEALS se revezam em vigília à noite. Há a F.E.R. do México, a KAIBILES da Guatemala, a AFEUR da Colômbia, a BOPE do Brasil, entre muitas outras.

A força alienígena de centenas de navios de movimento rápido já está nos céus sobre o Texas e Oklahoma, e eles estão à beira de chegar. Um gigantesco enxame segue de perto atrás das naves; é uma praga de bestas vorazes, algo incomum, e elas comem tudo. Suas presas e focinhos são horripilantes, são necessárias pelo menos duas balas de calibre 50 para deter uma dessas coisas que pesa cerca de 150 a 200 quilos, e possui uma pele tripla semelhante à de um crocodilo, mas com uma textura e cor diferentes. As mentes ALIENS que controlam os navios não descem mais, apenas de cima lançam esferas cheias de uma espécie de estilhaços de lava que se afundam na carne das pessoas, matando-as da pior maneira. Eles também liberam um tipo de toxina que começa a paralisar os humanos e se tornam presas fáceis para estas criaturas com o nome de **Styles.** Ninguém teria acreditado que o mundo chegaria a isso. Foi estimado que um total de 5.000 milionários e altos funcionários do governo se refugiaram em seus bunkers ao redor do planeta para sobreviver a este apocalipse.

Escrivaninha de segurança do bunker de Yellowstone. 6 A.M. 2 de março.

Conselheiro Albert R: Sr. Presidente, a última mensagem chegou. Depois disto, não haverá mais; tudo desmoronou, eles estão prestes a alcançar o último bastião das forças especiais em Washington DC. Não sabemos quando eles não nos encontrarão aqui na Califórnia. A esta altura já devem estar lá em cima com aqueles navios externos à procura de todos os vestígios de vida inteligente para exterminar.

Presidente Samuel Blade: Eu entendo. Ainda me lembro quando a NASA avisou sobre um colossal enxame alienígena rumo à Terra em 12 de janeiro de 2030, e todos pensavam que se tratava apenas de asteróides... Pedi ao senado para enviar uma sonda para descartar qualquer coisa inteligente que pudesse ser perigosa, mas só recebi 5 votos e não me foi permitido enviar nada.

Conselheiro Albert: Eu sei, foi um erro brutal de sua parte. Há quinze dias percebemos que era algo que nunca havíamos previsto: vida inteligente, e eles vinham em nossa direção, mas era tarde demais para lançar qualquer ataque.

Conselheiro McMillan: Chegaram no dia 15 de fevereiro, bem no fundo do mato nigeriano. Lutadores de última geração foram rapidamente enviados para reconhecimento e nunca mais voltaram... foi quando percebemos, a partir de maio, que eles eram hostis.

Presidente Samuel Blade: Acho que só viveremos de memórias se a EQUIPA SEALS 6 não for bem sucedida na missão. Por enquanto, se tudo correr bem, provavelmente já chegaram.

Conselheiro principal Lucas: É isso mesmo, concordo com você.

Conselheiro Albert: é uma raça muito poderosa senhor, o governo da Nigéria foi exterminado em 6 horas, assim como sua população, e foi aí que os principais potenciais ficaram alarmados. A Rússia tentou um ataque nuclear em escala real, e foi quando todos nós ficamos assustados; essas coisas eram capazes de desarmar ataques nucleares com tecnologia desconhecida. Assim, a Rússia lançou o ataque militar mais poderoso de todos os tempos, e eles o fizeram de mãos dadas com a China, mas infelizmente cerca de 5.000 navios alienígenas os destruíram em pedaços no Mar da Índia rumo à África.

Os Estados Unidos, vendo que em 5 dias todas as forças das potências mundiais foram dizimadas, tentaram fazer a paz, mas estas criaturas nem sequer tentaram; eles nos atacaram. Foi quando lançamos a primeira operação de 1 milhão e 300 mil soldados, mas nossos homens foram dizimados no Mar Báltico, foi quando decidimos lançar a última, e o resto é história.

Presidente Samuel Blade. O que eu me perguntei, e parece que nunca saberemos, por que estas coisas vieram ao nosso mundo? é verdade o que os teóricos da conspiração disseram? eles estão vindo para nos colonizar, é por isso que parece que em algumas áreas eles estão deixando os restos de crianças, mas por quê? a segunda coisa sobre a aniquilação da maioria é puro sadismo, disso eu tenho certeza.

Conselheiro principal Lucas: é estranho o comportamento deles, talvez nunca vamos descobrir, só podemos deduzir, mas o fato é que eles eliminaram 90% da humanidade, e agora estão indo para a parte restante de nossa nação; para terminar seu trabalho.

Em certo ponto da conversa entre alguns membros da elite do que já foi a nação mais poderosa do mundo, algo inesperado aconteceu.

Presidente Samuel Blade: ele se demitiu", disse o presidente com uma voz determinada.

- O que o senhor disse? - todos os conselheiros perguntaram em coro.

-Eu disse que me demiti, não há mais razão para ser presidente, ele se demitiu. Mesmo que a missão de nossos homens tenha sido bem sucedida, o mundo não precisará de presidentes, eles só precisarão sobreviver. Quantos anos há de comida aqui? 5 ou 10 anos, eu aprecio a vida de todos, não quero ficar preso aqui, é melhor dar meu lugar a toda a família SEALS que está aqui. Neste pequeno lugar de não mais de 2.000 m2.

Samuel Blade: como presidente de última hora ele ordenou aos 200 serviços secretos ainda comigo para me acompanhar, você permanecerá no comando e fará a coisa prudente, meu amigo.

Depois dessas palavras, o Sr. Presidente Samuel Blade e um grupo de 200 fuzis dos serviços secretos armados com espingardas m16 foram a algum lugar em Yellowstone para enfrentar os ALIENS, mas para sua surpresa não encontraram nada, apenas destruição e caos. Havia apenas cadáveres carbonizados e esqueletos frescos e alguns navios abatidos, mas não havia sinais da ofensiva alienígena ainda por perto.

7

Washington D.C. 10 da manhã antes da batalha, formação dos SEALS e do resto das forças especiais latino-americanas.

Vontade: formação. Eles estão chegando, todos aos seus postos, estarão aqui em poucos minutos. - gritou ele. -Não há necessidade de ter medo, rapazes. Lutem como se fossem crianças, não tenham medo que tenhamos o céu esperando por nós..., sabem, não só as naves alienígenas estão chegando, destruindo tudo em seu caminho, sob essas naves eles liberam milhares e milhares de pequenas bestas devoradoras, assim haverá diversão para ter meninos. Metade para os prédios e metade comigo, preparem seus lança-foguetes e pequenos mísseis, vocês vão ter o gosto do poder... suas forças especiais latino-americanas, obrigado! vamos dar a eles um pouco da fúria humana. -disse ele em voz alta.

Após as palavras do comandante Arthur Glos, a equipe foi dividida em equipes, uma no topo de um prédio e com Arthur; Steve, Kelsy, Angela e outros descendo nos carros militares. Na mesma direção, em outras avenidas, as forças especiais de todos os países da América Latina já estavam formadas. Até agora eles já eliminaram todas as pessoas de todos os condados e os navios escuros menores estão indo em direção a Washington e são em número de centenas. Os navios cor de chumbo, em forma de casca de tartaruga, são os que destroem colheitas e florestas com fogo, e deles descem estas bestas em seus milhões, devorando cidades inteiras em horas.

No continente africano, o TEAM 6 já desembarcou no Golfo da Guiné. E eles já estão nas profundezas das montanhas de Camarões... levará algumas horas para que eles entrem na selva nigeriana sem serem vistos. Todos parecem desolados, centenas e centenas de cidades camaronesas devastadas pelos animais ou que tipo de criaturas das estrelas que trouxeram aqueles alienígenas que agora perambulam pelos céus da maior parte do planeta. A China o colosso do espaço parece funerário, seus 2 bilhões de pessoas que antes o habitavam já pereceram. A Rússia orgulhosa e inexpugnável com todo seu arsenal nuclear foi varrida da face da Terra, assim como a maioria dos países poderosos e suas populações inteiras. Até agora, na manhã de 2 de março, pelo menos 9,5 bilhões de pessoas foram aniquiladas em um Armagedom apocalíptico, e agora está a minutos de chegar ao único ponto na Terra que a máquina destrutiva ainda não atingiu; Washington D.C. Mais cerca de 3 estados próximos entraram em pânico e estão começando a fugir para as florestas para Seattle, para as áreas congeladas do Canadá, mas em vão... estas criaturas que devoram tudo em terra e os navios no ar não dão descanso, será inútil; o Canadá está sendo devorado agora mesmo; o Quebec está resistindo, mas não por muito tempo, eles são milhões de animais selvagens liberados destes navios para caçar suas presas; os humanos.

Os SEALS e forças especiais estão prontos para dar o último da força humana na última posição simbólica para a humanidade, Alguns dos SEALS cantam a canção "we are the championpions" da Rainha. As F.ER mexicanas cantam "cielito lindo", e assim se alegram em seus últimos minutos de vida enquanto entram em ação contra a invasão alienígena. Suas famílias, seus entes queridos são as últimas lembranças que eles terão. Não há muito em que pensar quando se está prestes a entrar na linha da morte.

12 horas. Navios escuros estão fazendo seu caminho através de Washington, há milhares de homens atirando em toda a cidade em coisas que se movem muito rápido no chão e no ar. Os 50 calibres sacodem as ruas com seu poder e o fogo devorador dos navios ALIENS caem do céu iluminando ruas inteiras. Eles não dão descanso, são eficientes e vorazes... a experiência de destruir a vida em mundos é clara de se ver. Minutos depois, os navios cinzentos entram e do céu deixam cair coisas como ovos gigantes e deles saem milhares e milhares de criaturas maiores que um tigre, mas muito mais rápidas e aterrorizantes com pele escura e estranhos olhos vermelhos verdes, que devoram todos os cérebros, nem mesmo uma explosão de calibre .223 pode parar um, você precisa de um calibre 50 até a cabeça. Pouco a pouco eles estão devorando, destruindo tudo, com a ajuda dos navios acima que disparam relâmpagos elétricos e estilhaços de tripas. O objetivo é claramente eliminar tudo, aqui eles aparentemente não deixam nada vivo... seu ataque é feroz, enxames de diferentes tipos de coisas se movendo muito rápido. Eles são claramente criaturas ferozes capturadas de galáxias distantes possivelmente por esses seres para devastar mundos por causa de sua bestialidade.

Johnny: essa canção é boa Jorge, somos os campeões, somos os campeões, somos a la la la la la la la la la, embora para dizer a verdade eu prefira morrer lutando com a canção da rainha, aquela da Bohemian Rhapsody é uma jóia.

Soldado Steve: minha mãe costumava cantar essa música para mim quando eu era criança, é por isso que eu amo rock e odeio merda de Regueton.

Kelsy: Eles estão vindo caras....

Arthur Glos: Pessoal, vamos mostrar a estas coisas que elas vão bater numa parede, acho que é um bom dia para...

Kelsy: sem comandante, não diga isso... Camaradas, foi um prazer ter tido tantas experiências e missões juntos. Obrigado a todos vocês. Será bom lutar até o fim com os camaradas..., e você Angela, eu sei que não foi muito do seu agrado, vamos lá! me ajude! não seja maricas, - disse Kelsy fazendo a orgulhosa Angela apertar sua mão.

Soldados da F.E.R.: aí vêm eles. -Gritaram bem alto do lado de uma rua.

2 de março de 2030. A máquina de invasão chegou ao centro de Washington. Ela varreu tudo em seu caminho, nada a deteve, os animais não parecem estar recuando por nada, embora existam naves alienígenas que caíram, os danos que receberam são mínimos, alguns dizem que foram 10 abatidos, mas não é nada para as centenas que estão por perto avançando. O grupo das forças especiais de 1000 resistiu mais tempo do que qualquer outro até agora, lutando e impedindo o avanço das bestas e navios às vezes, e derrubando cerca de 5 navios em um ataque graças ao poderoso fogo de mísseis que os SEALS e as forças especiais argentinas têm disparado e provaram sua força em combate. As forças especiais peruanas têm impressionado no combate terrestre com estas criaturas dando à defesa algum espaço para respirar por vezes.

Arthur Glos: fogo, não pare, (gritos) -Johnny dispara o míssil sobre os navios acima, sobre os que chegam, apresse-se!

Foram cerca de 6 horas intensas sob ataque hostil, infelizmente todos foram eliminados, exceto 5 dos seis membros da EQUIPE que jazem na escuridão sob os escombros dos edifícios desmoronados. Algumas das feras deixadas para trás ainda estão devorando cadáveres que ainda estão gravemente feridos.

Cap. Anderson: Comandante, você está bem?

Arthur Glos: foda. Pensei que estava morto e tinha ido para o inferno na escuridão do breu. Ah, caramba! Você viu? Nós lutamos, mas aqueles malditos navios... É você, Johnny?

Johnny: Sim senhor, eu acho que fodi meu cotovelo, estou aparentemente mais baixo do que vocês.

Arthur Glos: Fique aí, vamos tentar sair.

Angela: Estamos aqui também comandante, eu e Steve, infelizmente acho que todos os outros morreram, quando aquele navio atirou aquela coisa para dentro do prédio e a derrubou.

Arthur Glos: Fico feliz rapazes, só temos que tentar sair daqui, embora lá fora ainda se possa ouvir aqueles malditos monstros lá fora e eles provavelmente estão farejando os cadáveres lá embaixo, eles querem nos comer com certeza. Nossa única vantagem é que os navios estão avançando... infelizmente nas próximas 15 horas tudo estará terminado; cerca de 90 milhões morrerão e eles são os últimos na Terra.

Kelsy: Não se preocupe, Comandante.

Arthur Glos: Johnny, vou jogar a tocha em você.

Johnny: Obrigado, será uma grande ajuda.

Oito horas depois, com grande esforço e manobras exaustivas, eles conseguiram sair dos escombros do edifício que havia sido demolido anteriormente e, graças ao fato de ter caído em cima de outro edifício, eles não morreram.

Soldado Steve: Merda, eles destruíram tudo, chefe.

Arthur Glos: não há tempo para sentimentalismos. Pronto com suas armas pode haver mais dessas coisas lá fora. Vejo que nenhum de nossos camaradas foi deixado vivo, até mesmo os ossos foram comidos. - disse o comandante olhando à sua volta.

Kelsy: O que vamos fazer agora senhor, eles limparam tudo", disse a garota olhando ao redor com a boca aberta.

Arthur Glos: Primeira vez eu não sei o que responder, mas pelo menos estamos vivos. Por enquanto, vamos até um daqueles prédios que ainda estão de pé. Há provas de que eles tiraram tudo de lá de qualquer maneira, mas... vamos lá! mexam-se! mais tarde descobriremos o que fazer... por enquanto só teremos que sobreviver à noite.

Angela: O chefe tem razão, acho que é bom estar vivo por enquanto, vamos nos mexer melhor.

Soldado Steve: Vou levar estas armas e carregadores comigo", disse o soldado quando pegou algumas espingardas ak-47 no chão e as jogou rapidamente dentro de um saco.

Infelizmente, esta raça maligna não gostou do fato de que eles já tinham sofrido baixas suficientes no navio, então horas depois eles lançaram uma bomba boson tão poderosa que arrasou toda Washington da face da terra, destruindo assim os únicos sobreviventes da EQUIPA 6 naquele local.

8

Nas profundezas da selva nigeriana
  1h da manhã.

O comando TEAM 6 chegou em segurança com o pequeno satélite a reboque. A única coisa que falta fazer é chegar ao enorme navio, provavelmente 30 km para o interior. Eles estão cansados, então dormirão lá naquela noite na vegetação rasteira. A missão correu perfeitamente, eles ainda não encontraram aquelas bestas, o que é estranho para ninguém estar vigiando a nave mãe a essa distância, eles só viram aquelas naves em velocidade desaparecendo fora de vista no horizonte. Mas atenção, amanhã certamente tudo estará terminado se eles passarem os 30 km ou mais que os separam de seu alvo. Tudo explodirá a uma distância de 50 km, de modo que, muito provavelmente, todos eles estarão mortos. Da Antártica à Nigéria, a bomba fará um máximo de 10 minutos, de modo que eles não terão tempo para escapar.

3 de março 9 da manhã.

Vontade: bem, só nos restam os últimos 5 km, a ordem é nos aproximar até 500 metros, bem, nós sabíamos que iríamos todos morrer ao aceitar tal missão, mas, não. Vocês vão, eu vou, vamos! por favor, dêem meia volta e fujam... a missão está quase completa.

Claro que não, comandante, até a morte com você. -disseram todos eles.

Will: Continue Anderson, você é uma jovem, você tem um longo caminho a percorrer.

Anderson, All the way with you Will.

Rayan: Com você até o fim, senhor.

Jorge: O mesmo aqui

Felder: Eu também.

O resto dos SEALS gritou: "Com o senhor, senhor.

Will: se foi isso que decidiram, eu respeito sua decisão, então vamos seguir em frente.

Às 11 horas da manhã. Eles chegaram a 500 metros de distância da colossal embarcação alienígena que estava suspensa sobre centenas de árvores a apenas 10 metros acima do solo. Era tão grande quanto uma aldeia, talvez pudesse transportar dezenas de porta-aviões para dentro. Centenas de tais navios estavam entrando e saindo... nas escotilhas era possível ver essas criaturas esbeltas de aparência diabólica, mas certamente com intelecto superior aos humanos, mas por suas ações também muito cruéis e hostis. Os seres humanos também podiam ser vistos sendo transportados em cápsulas transparentes ligadas a algo que se assemelhava a algum tipo de tubo de carne pulsante. Pelo menos 100 deles passaram por esta via. Não havia vigilância em teoria, nenhuma criatura ao redor. Havia apenas vislumbres de engenharia impressionante gravados no material da nave-mãe negra.

Will: caras, nós fizemos isso, eu acabei de ativar a triangulação, a bomba estará aqui em 10 minutos e contando. Se for verdade o que nos disseram; nada sobreviverá dentro de 50 km de alcance, será tão potente que a explosão causará tsunamis, mesmo correndo não será bom, nunca poderíamos correr 50 km em 10 minutos -.

Alguns sentaram-se em algumas pedras resignados a morrer em poucos minutos, Will caminhou para o Anderson aberto e o seguiu para fora do resto.

Anderson: Agora, pela primeira vez eu olhei nos seus olhos e quero dizer obrigado, por ser meu amor platônico durante todo este tempo, não diga nada senhor, apenas obrigado. -Anderson confessou com um pouco de timidez. Ele engoliu e não disse nada, então sem falar um com o outro eles se voltaram e voltaram para o grupo.

Felder: Se vamos morrer aqui, por que não comandante...?

Will: O que dizem, cavalheiros, vocês querem se divertir nos últimos dez minutos antes que esta merda voe.

SELO DE EQUIPA: Vamos dançar jazz - todos eles gritaram.

A equipe de 50 membros das forças especiais destacados em torno do colossal navio, eles sabiam que não conseguiriam nada que estivessem mesmo determinados a fazer um confronto frontal resignados a morrer, sabendo que não perderiam nada porque naquele momento uma bomba em forma de lápis de energia negra neutri-nuclear se dirigia a uma velocidade incrível com uma potência colossal milhares de vezes mais poderosa do que a bomba do Czar. Eles souberam disso e enviaram navios de combate. Foram alguns minutos frenéticos na selva... pouco a pouco eles estavam caindo..., os SEALS um por um deram suas vidas pelo planeta, mas não antes de terem eliminado mais de 12 naves inimigas.

Will e Anderson estavam fugindo sem armas, mesmo sabendo que não havia fuga, mas o instinto de sobrevivência os fez correr e não desistir. Segundos depois, um navio que os perseguia perdeu a rota e bateu nas árvores, daquele pequeno navio de cor escura saíram 3 seres diabólicos com um aspecto assustador. Anderson e Will ficaram atrás de alguns arbustos enquanto estas coisas olhavam para o navio e tentavam consertá-lo. Passaram-se 3 minutos antes da explosão e Will teve uma idéia.

Anderson: Senhor, veja...

Will: Não sobrou quase nada, vamos explodir aqui, não vale a pena se esconder, me dê a arma.

Anderson: Mas o que você vai fazer?

Vontade: Não me importa se tentarmos alguma coisa, logo essa coisa vai cair do céu e... você sabe que eu tenho uma idéia.

Anderson: Do que você está falando?

Will: Vou estourar os miolos dessas coisas e vamos sair daqui naquele navio, veja, eles já dispararam novamente e era exatamente isso que eu queria.

Anderson: mas não...

Vontade: não importa se você morre em uma explosão ou em um navio fora de controle, querida.

Anderson: Você disse mel? -.

9

Segundos depois, Will disparou os 15 projéteis contra a cabeça daquelas coisas em forma humanóide, mas antropomórfica, algo estranho. Eles caíram, embora ainda estivessem em movimento, talvez eles não morressem porque seus crânios podiam se regenerar, era algo impressionante. Rapidamente embarcando no navio, os dois humanos desesperados, com apenas dois minutos de sobra, esmagaram comandos de aparência estranha enquanto tentavam ligá-lo, até que Will tocou um no topo como uma engrenagem, e o navio começou a subir numa direção incerta, mas a uma velocidade surpreendente.

Em dez minutos, a bomba neutri-nuclear explodiu como previsto, causando uma explosão apocalíptica e pulverizando um raio superior ao esperado de 100 km, causando um mega tsunami que varreu a Nigéria do mapa e a maioria dos países do continente estavam debaixo d'água.

Will e Anderson pousaram em algum lugar na selva amazônica, sãos e salvos. A raça invasora depois de ver sua nave-mãe destruída lentamente deixou o planeta por medo de algo mais poderoso do que eles. Sem uma nave-mãe eles temiam e partiram, salvaram as feras selvagens das estrelas sem razão ainda estavam no solo terrestre, mas seria mais fácil para a raça humana emergir lentamente. Will e Anderson tiveram gêmeos e, o melhor que puderam, sobreviveram na amazônia. Embora 99,9% da raça tenha sido dizimada, espera-se que ainda existam cerca de 3 milhões de habitantes espalhados pelo planeta, pois ainda há uma luta feroz pela sobrevivência com aqueles animais das estrelas que vagueiam em grandes rebanhos comendo todas as formas de vida terrestre. Mas o planeta está salvo por enquanto graças a um grupo de soldados que arriscaram suas vidas; as Forças Especiais dos EUA TEAM 6.

Traduzido e escrito pelo Comandante: Will Michael.

Fim

Conteúdo bônus

A chegada dos estranhos

Capítulo 1: A chegada dos seres amaldiçoados

O céu noturno estava claro e as estrelas brilhavam intensamente. Era uma noite tranquila no mundo até que algo estranho aconteceu. Uma chuva de meteoros iluminou o céu e atingiu a Terra, causando um poderoso terremoto na Terra. As pessoas ficaram com medo e correram em todas as direções para se proteger.

Mas ninguém sabia que esses meteoros eram tudo menos comuns. E é isso, havia uma nave espacial com alienígenas do mal a bordo. Uma entidade desconhecida da humanidade estava tentando conquistar a Terra e forçar a humanidade a seguir sua vontade e adorá-la.

A Rússia foi o primeiro país a notar a chegada dos seres amaldiçoados. Suas forças especiais, conhecidas como Cobra Commandos, estavam prontas para lidar com a ameaça. O líder da equipe das Forças Especiais dos EUA, major-general John Riker, recebeu a notícia e juntou-se ao esforço russo para conter a invasão, apesar de terem sido nações inimigas no passado.

Naves alienígenas desembarcaram em diferentes partes do mundo, de onde surgiram seres amaldiçoados, com morfologia e aparência infames. Eles tinham uma aparência assustadora, com pele negra e escamosa e dentes afiados como navalhas. Em poucas horas, sua presença começou a causar estragos e destruição em cidades ao redor do mundo.

Os exércitos nacionais lutaram bravamente contra os seres amaldiçoados, mas logo foram derrotados pela superioridade tecnológica dos alienígenas. Apenas as forças especiais russas e americanas parecem ter conseguido manter a linha.

E é então, que o General Riker e sua equipe das Forças Especiais dos EUA são enviados a uma cidade americana invadida por seres amaldiçoados. A cidade estava em ruínas e as pessoas fugiam em todas as direções. Prédios estavam em chamas e alienígenas estavam por toda parte.

As Forças Especiais Russas Cobra juntaram-se à equipe do General Riker enquanto marchavam pelas ruas da cidade, lutando contra seres amaldiçoados em cada esquina. A batalha parecia durar para sempre, mas as Forças Especiais estavam determinadas a lutar até o fim e salvar a humanidade da invasão alienígena.

Uma invasão de seres amaldiçoados começou e o destino da humanidade está em jogo. Os Estados Unidos e a Rússia serão capazes de salvar a humanidade?

Capítulo 2: A Aliança das Forças Especiais

A equipe do Time Cobra e do General Liker continuou a avançar pela cidade, lutando contra as criaturas amaldiçoadas por toda parte. À medida que avançavam, descobriram que os alienígenas não eram apenas fortes e rápidos, mas também altamente inteligentes. Eles usaram táticas de batalha que surpreenderiam os soldados humanos e exibiram proezas tecnológicas superiores.

No entanto, o grupo de forças especiais não desistiu. Eles permaneceram juntos, lutaram com bravura e habilidade e conseguiram limpar uma parte da cidade. Foi assim que, naquele momento, o general Liker recebeu um pedido de socorro do chefe das forças especiais japonesas. Ele a informa que a cidade de Tóquio também está sendo atacada por criaturas amaldiçoadas e elas precisam de ajuda imediata.

O general Liker sabia que não poderia abandonar os aliados japoneses em sua luta. Então ele reuniu sua equipe e o comandante do Cobra russo, e juntos embarcaram em um avião de transporte militar com destino a Tóquio. Durante o voo, eles discutiram a situação e decidiram formar uma aliança para enfrentar as criaturas amaldiçoadas.

Quando desembarcaram em Tóquio, encontraram a cidade em ruínas. Os prédios estavam em ruínas, as ruas estavam cheias de escombros e os cidadãos fugiam em todas as direções. As criaturas amaldiçoadas estavam causando estragos em todos os lugares.

A equipe de forças especiais lançou seu ataque, marchando pelas ruas de Tóquio e lutando contra as criaturas amaldiçoadas. O Comando Cobra russo também entrou na briga e, juntos, formaram uma força poderosa que avançava constantemente.

Então a equipe das forças especiais descobriu algo estranho. As criaturas amaldiçoadas pareciam estar conectadas a algum tipo de tecnologia, compartilhando informações e habilidades. Era como se estivessem trabalhando em equipe, coordenando seus ataques em escala global.

O General Liker e o líder Cobra perceberam que tinham que encontrar uma maneira de quebrar o vínculo entre as criaturas amaldiçoadas para ter alguma chance de derrotá-los. Juntos, eles desenvolveram um dispositivo que invadiu a tecnologia alienígena e a plantou em unidades militares ao redor do mundo.

Uma aliança de forças especiais russas, americanas e japonesas trabalhou incansavelmente para derrotar as criaturas amaldiçoadas. Eventualmente, eles conseguiram cortar a conexão entre os alienígenas, e os seres amaldiçoados perderam sua força e coordenação . As forças especiais então lançaram um ataque final e conseguiram expulsar as criaturas amaldiçoadas da terra.

Capítulo 3: A verdade sobre a invasão

Enquanto as forças especiais russas, americanas e japonesas livravam a cidade dos remanescentes da invasão alienígena, o General Liker começou a fazer perguntas. Ele queria saber quem eram essas criaturas amaldiçoadas e por que invadiram a terra?

Após várias semanas de investigação, o General Liker descobriu a verdade sobre a invasão. As criaturas amaldiçoadas eram uma raça alienígena que perseguia a humanidade por décadas. Eles viram a humanidade avançando tecnologicamente e decidiram conquistar a terra e reivindicá-la como sua.

O general Liker reuniu os líderes das forças especiais russas, americanas e japonesas e explicou a situação a eles. Todos ficaram chocados com esta notícia, percebendo que a humanidade está constantemente em perigo de ser atacada por alienígenas avançados e maliciosos.

Portanto, o General Liker e os líderes das Forças Especiais criaram um Conselho de Defesa Global dedicado a proteger a Terra de futuras ameaças alienígenas. O conselho trabalhou em segredo, reunindo informações e desenvolvendo novas tecnologias para proteger a humanidade de potenciais invasores.

Capítulo 4: O retorno das criaturas amaldiçoadas
Meses depois...

Apesar dos esforços do Conselho de Defesa Global, as criaturas amaldiçoadas retornaram à Terra. Eles aprenderam com seus erros na primeira invasão e desenvolveram novas táticas e tecnologias para vencer desta vez.

O General Liker e os líderes das forças especiais responderam rapidamente à ameaça e reuniram forças de todo o mundo para lutar contra as criaturas amaldiçoadas. Desta vez, a batalha foi ainda mais feroz do que antes, e os seres amaldiçoados exibiram habilidades superiores e táticas avançadas.

No entanto, as equipes da SWAT aprenderam com sua primeira vitória contra as criaturas amaldiçoadas e estavam melhor preparadas desta vez. Usando novas tecnologias e táticas para lutar contra os alienígenas, eles conseguiram quebrar seu vínculo tecnológico novamente.

Depois de várias semanas de luta feroz, as forças especiais finalmente conseguiram derrotar as criaturas amaldiçoadas e salvar a terra mais uma vez. Mas desta vez eles sabiam que não deviam perder a guarda. Eles devem continuar trabalhando juntos para proteger a humanidade de futuras ameaças alienígenas.

O General Liker e os líderes das Forças Especiais continuaram a trabalhar juntos em um Conselho de Defesa Global dedicado a proteger a Terra de ameaças futuras. A humanidade sobreviveu a duas invasões alienígenas, mas sabia que precisava estar alerta e pronta para qualquer ameaça em potencial.

Capítulo 5: A Batalha Final

Vários anos se passaram desde a última invasão alienígena. A humanidade continua trabalhando duro no Conselho de Defesa Global para desenvolver novas tecnologias e estratégias para se proteger de qualquer ameaça potencial. Um dia, as forças especiais viram um grande grupo de espaçonaves se aproximando da Terra. Eles sabem que é uma invasão alienígena, mas desta vez é diferente. A frota era muito maior que as anteriores, e a unidade das Forças Especiais sabia que aquela seria a batalha mais importante de suas vidas.

O general Likker e o chefe das forças especiais russas reuniram forças de todo o mundo para lutar contra os alienígenas. Desta vez, eles lutam não apenas pelo planeta, mas por toda a humanidade. Eles sabem que se perderem esta batalha, a humanidade está condenada.

A batalha foi feroz e as forças especiais lutaram ferozmente com os alienígenas. Os alienígenas desenvolveram novas tecnologias e táticas avançadas, e a batalha parece perdida. No entanto, as forças especiais não desistiram. Eles lutaram com todas as suas forças sabendo que estavam lutando pela humanidade. Eventualmente, depois de muitos dias de luta feroz, as Forças Especiais quebraram com sucesso o vínculo tecnológico entre os alienígenas e começaram a derrotá-los um por um. Os alienígenas perceberam que haviam subestimado a determinação da humanidade e evacuaram a Terra. E ainda mais, o exército trouxe uma nova arma que deixou os alienígenas vulneráveis, era uma música no volume máximo, chamada: quem poompo quem pompo, quem pompo, as bolinhas quem pompo".

A humanidade superou seu maior desafio até agora, e o General Leek e os líderes das forças especiais percebem que realizaram um feito incrível. Eles uniram o mundo em uma luta comum e mostraram que a humanidade é mais forte quando trabalhamos juntos. Após a batalha, o General Likerr e os líderes das Forças Especiais formaram um novo Conselho de Defesa Global encarregado de proteger a humanidade de qualquer ameaça potencial. Eles sabem que sempre haverá perigo no universo, mas também sabem que enquanto os humanos continuarem a cooperar, eles podem enfrentar qualquer coisa. E assim a humanidade segue em frente, sabendo que estão mais conectados e mais fortes do que nunca.

O guerreiro lkurus
Num planeta distante vivia Lkurus,
Um guerreiro destemido e corajoso. Ele segurou a espada forte
para proteger a família,
Um demônio que caiu do céu, de outra dimensão.
Eles estão tentando cumprir sua missão. Lkurus sabia que seu
povo estava em perigo,
A batalha começa. Seus olhos brilharam com grande raiva,
Sua espada brilha com poder bruto. O inimigo se aproximou,
mas não teve medo,
Com sua habilidade e força ele conseguiu. Demônios uivam
quando feridos,
Mas a fome não os deteve. Lkurus lutou muito,
Proteja sua família e seu planeta. A luta foi dura, mas ele não
vacilou,
Até que os monstros sejam destruídos um a um. O céu clareia, a
ameaça termina,
Lkurus sentiu-se triunfante, mas também triste. A luta foi feroz
e as perdas enormes.
Embora sua família estivesse ilesa, a dor o dominou. Lcurus
sabia que ele teria que seguir em frente,
Porque novas ameaças podem continuar.

Apesar da vitória, Lkurus sabia que ainda não havia acabado,
Como podem vir de outras salas,
Suas habilidades precisam ser melhoradas,
Se você quer que seu povo seja protegido.
Então ele foi para o topo da colina,
Lá um velho sábio estava esperando por ele,

Com o conhecimento da galáxia,
E o poder que a sabedoria lhe deu. Lkurus ouviu atentamente,
A coragem cresce nele,
E assim começou seu treinamento.
capaz de enfrentar qualquer dificuldade.
Os anos se passaram e Lkurus voltou para casa,
Mas nem tudo é paz e sossego.
Novas ameaças começam a cair
Um exército de demônios vem para destruir. Lkurus e sua
família fugiram para o santuário,
Onde sabedoria e força deixam sua marca,
Com sua espada, seu escudo e suas habilidades,
Novamente na luta ele teve que lutar.
Os inimigos são mais fortes e mais bem armados,
Lkurus enfrentou um inimigo cruel,
Ele lutou incansavelmente com todas as suas forças,
Até que o exército caiu e desapareceu no sol poente. Vitória
novamente...
Embora a dor e a perda estejam sempre presentes,
Lkurus mostrou sua coragem e bravura,
Seu povo o agradece por sua bravura.
Após a batalha de Lkurus algum tempo se passou,
Ele refletiu sobre tudo o que aconteceu,
Pensando em seus amigos e familiares perdidos,
E ele ainda sente essa tristeza lá no fundo.
Mas ele sabia que não poderia parar por aí,
Porque sempre há perigo
Seu povo precisa de guerreiros como ele,
Quem pode protegê-lo com força e pele. Então ele decidiu dar o
próximo passo,

Ajudará outros planetas em perigo,
Defenda-os com sua inteligência e habilidades,
Para fazer sua parte no universo.
sair de casa e da família.

Ele foi para o espaço em uma nave espacial,
Preparando-se para a próxima batalha estilo goku contra namekusein,
E esteja preparado para enfrentar todas as dificuldades que surgirem no seu caminho. Assim, Lkurus tornou-se um guerreiro lendário,
Viaje pelo universo e lute contra o mal,
Herói gravado na rocha para sempre nos anais da história,
Como um exemplo de coragem e bravura excepcionais.

Os guerreiros
1400 DC no grande Tenochtitlan
Os guerreiros astecas eram muito corajosos,
Entre eles Dolinio, um guerreiro que temia por sua força,
Ele é o melhor em artes de batalha.
Mas um dia o céu escureceu,
Criaturas estranhas caíram de cima,
alienígenas nunca viram este lugar,
Caos e horror constantes. Os astecas haviam perdido
e o imperador Moctezuma, procurando uma solução,
Então seu raio foi encontrado em sua manga,
O grupo de soldados liderados por Dolinio tem grande força e
conquistas notáveis.
Um grupo de guerreiros prontos para a batalha,
Com suas armas, astúcia e coragem,
Eles não serão derrotados, defenderão sua pátria,
Com grande honra preservarão a vida em seu reino. Com o
coração cheio de coragem e o desejo de proteger sua pátria,
Dolinio e seus guerreiros astecas,
Eles estão se preparando para a batalha com grande zelo.
Os alienígenas são poderosos, sim.
Mas eles não conheciam a astúcia dos astecas,
Então, com habilidade inigualável,
Um grupo de guerreiros se aproximou com vigor majestoso. A
luta foi feroz, sem trégua nem descanso,
Dolinio liderou o ataque com grande entusiasmo,
Ele sacode a terra e o ar com seu martelo de ônix,
Acerte o inimigo impiedosamente.
A vitória parecia próxima, mas eles não tinham certeza
Porque eles sabiam que os alienígenas não desistiriam.

E com as sementes xiitas, foi assim que os guerreiros astecas
recuperaram suas forças.
Eles estavam prontos para a próxima batalha com muita
ferocidade.
Dolino e seus guerreiros,
Eles enfrentarão mais dificuldades,
Mas sua coragem e sua força não vacilam,
Lute pelo seu reino bravamente e honestamente.

Dolinio e seus guerreiros, cansados mas vitoriosos,
Eles voltaram para Tenochtitlan, elogiados por seus grandes
feitos,
Mas eles sabem que a luta não acabou
Mais perigo espreita nas selvas do México.
Moctezuma, o governante sábio e astuto,
Ele chamou os poderosos diante dele,
E contou-lhes histórias dos antigos deuses,
e sua possível conexão extraterrestre. Guerreiros que anseiam
por aventura e conhecimento,
Eles decidiram procurar na selva,
Procurando por pistas sobre a conexão entre deuses e
alienígenas,
Isso nos permite entender e combater ameaças desconhecidas.
Guiados por sua astúcia e grande habilidade,
Dolinio e seus guerreiros entraram na selva,
Depois de caminhar por horas,
Eles chegaram a um antigo templo cheio de mistérios e
maravilhas. No templo encontraram escritos antigos e relíquias,
Quem falou dos deuses antigos e seu poder,

Criaturas estranhas também podem vir,
Aqueles que desafiam os deuses com sua arrogância e crueldade.
Os guerreiros prestam atenção aos sinais e mensagens,
Eles decidiram se preparar para a batalha final,
Então eles treinam cada vez mais,
Mas quando eles estavam treinando, chegaram notícias
perturbadoras,
Mesmo criaturas mais estranhas entram na selva,
A batalha final está chegando
Com Dolinio e seus guerreiros como última linha de defesa.

O dia da batalha chegou.
Dolinio e seus guerreiros estão prontos,
Levante a mão e coragem
Defenda seu reino e seu povo.
Criaturas estranhas chegaram a Tenochtitlan,
Com suas armas e tecnologia avançada,
pronto para conquistar a cidade
E eles pegam o que querem. A batalha foi feroz e sangrenta,
Guerreiros caíram de ambos os lados,
Mas Dolinio e seu exército de guerreiros astecas,
Eles não desistiram por um segundo.
Com suas habilidades de combate corpo a corpo,
e suas velhas táticas de guerra,
procuram enfraquecer e confundir o inimigo,
Dê aos seus aliados tempo para atacar. conchas e tambores,
Com os gritos dos soldados,
O ar está cheio do barulho da guerra,
Isso fez o chão tremer sob os pés.

Finalmente, usando ataques coordenados,
Dolinio e seus guerreiros astecas,
derrotou com sucesso os invasores estrangeiros,
E devolva a paz a Tenochtitlán. Moctezuma agradece aos bravos guerreiros,
e dá-lhes a maior honra,
Por sua coragem, habilidade e sacrifício,
Eles salvaram seu reino da destruição.
Dolinio e seus guerreiros astecas,
Eles se tornaram lendas e modelos.
Para a próxima geração de mexicanos
Eles respeitam sua história e tradições até o fim. Assim, a história do guerreiro asteca,
gravado na memória coletiva,
Como um símbolo de coragem e desafio,
Enfrente ameaças desconhecidas.

Até o final
Nos tempos antigos, em uma cidade distante,
Arkilo e seu povo vivem em paz e sem preocupações. Mas um
dia os invasores chegaram,
Sede de sangue e grandes tesouros. Arkilo convocou seus bravos
guerreiros,
Defenda sua casa e seus entes queridos. Com suas espadas
afiadas e seus corações ardentes,
Eles estão prontos para as batalhas mais duras e ferozes. Os
atacantes avançam sem piedade ou medo,
Mas os guerreiros de Arkilo não sucumbiram à dor. Eles lutaram
bravamente e nunca recuaram,
Porque quando eles vencem, eles exigem a vitória, não importa
as consequências. Guerra dia e noite, sem fim,
Mas os guerreiros não desistiram no final. Arkilo liderou todas
as lutas e obstáculos...
Uma fé firme que protegeu sua vida. A cidade se transformou
em um mar de chamas, o chão ficou vermelho,
Mas os guerreiros de Arkilo não estavam sozinhos. Eles lutaram
com suas últimas forças até o fim,
Os invasores se retiraram sem recuperar suas riquezas. A vitória
veio, mas a um preço alto,
Arkilo e seus guerreiros pagaram pelo ataque com muitas vidas.
Mas seu espírito e coragem permanecem até hoje nas sepulturas
sob as areias,
Eles mostram que a aliança tem força para vencer a guerra. Hoje,
a história desses guerreiros continua,
Em cada alma que se recusa a ceder ao desespero. A cidade está
em ruínas, mas a memória continua,
O legado dos guerreiros sempre será de aventura.

Obrigado

2023